LES FRANÇAIS
AUX ÎLES LIEOU K'IEOU

PAR

M. HENRI CORDIER

(Extrait du *Bulletin de géographie historique et descriptive*, N° 3. — 1910.)

PARIS

IMPRIMERIE NATIONALE

MDCCCCXI

LES FRANÇAIS

AUX ÎLES LIEOU K'IEOU

LES FRANÇAIS

AUX ÎLES LIEOU K'IEOU

PAR

M. HENRI CORDIER

(Extrait du *Bulletin de géographie historique et descriptive*, N° 3. — 1910.)

PARIS

IMPRIMERIE NATIONALE

—

MDCCCCXI

LES FRANÇAIS
AUX ÎLES LIEOU K'IEOU.

Le Journal de la Société asiatique de Chang-haï, en 1905 [1], et le magazine *East of Asia*, en 1904 [2], renfermaient des articles intéressants, par M. LEAVENWORTH, sur l'histoire des îles Lieou K'ieou, qui ont été depuis réimprimés en un volume séparé [3]. Toutefois le rôle joué par la France dans ces îles ayant été passé sous silence, je crois utile de le rappeler, d'après des documents dont les derniers sont inédits.

On sait l'activité que la France et les États-Unis déployèrent dans les mers d'Extrême-Orient après la guerre d'opium et la signature par les Anglais du traité de Nan-king (1842). Déjà le Japon attirait l'attention des puissances occidentales, et les îles Lieou k'ieou paraissaient désignées pour ménager les approches du grand archipel de l'Asie orientale.

A défaut de l'amiral Cécille et de la *Cléopâtre*, retenus sur les côtes de Chine par la mission Lagrené, ce fut la corvette *Alcmène*, commandée par M. Fornier-Duplan, récemment promu au grade de capitaine de vaisseau, qui fut choisie pour se rendre aux îles Lieou k'ieou; le 4 avril 1844, le commandant Fornier-Duplan appareilla de la rade de Macao, emmenant avec lui un prêtre

[1] The History of the Loochoo Islands, by Charles S. LEAVENWORTH (*Journal China Branch Royal Asiatic Society*, XXXVI, 1905, pp. 103-119).

[2] The Loochoo Islands, by Charles S. LEAVENWORTH, M. A. (*East of Asia*, vol. 3, 1904, n° 3, sept., pp. 282-302; n° 4, déc., pp. 371-386).

[3] The Loochoo Islands, by Charles S. LEAVENWORTH, M. A. Professor of History, Imperial Nanyang College, Shanghai. — Shanghai : «North-China Herald» Office, 1905, in-8°, 3 ff. n. ch. + 186 p., ill. et carte.

des Missions étrangères, l'abbé FORCADE, et un catéchiste chinois, Augustin Ko; les vents et les courants contraires ne permirent à l'*Alcmène* de gagner la baie de Nafa que le 28 avril. Après des pourparlers, la lettre suivante était remise, le 3 mai, par les autorités locales à l'abbé Forcade pour le commandant Fornier-Duplan :

L'Alcmène (1844).

L'ordre d'un grand empire étant à craindre, nous prions qu'on daigne recevoir l'hommage du petit royaume. Nous demandons, en conséquence, qu'on nous fasse la miséricorde de ne pas établir le commerce.

D'après le rapport du gouverneur de la ville de Nafa, nommé Chang Leang-pi, un grand commandant français a ordonné de faire amitié et d'établir le commerce avec le royaume de Lieou K'ieou, puis de donner réponse après beaucoup de réflexions. Il est tout à fait conforme à la raison que nous fassions connaître les motifs de cette réponse.

Or, en réfléchissant humblement en nous-mêmes sur la volonté où vous êtes de faire le commerce, nous avons pensé qu'elle ne partait pas d'une autre source que de l'amitié. Mais notre royaume est un pays de très petite importance : ses îles sont stériles, elles ne produisent qu'un peu de riz; elles n'ont ni or, ni argent, ni cuivre, ni fer. Le peuple tout entier peut à peine subvenir à sa nourriture quotidienne : il manque généralement d'ustensiles. Or, de toute antiquité, nous échangeons le riz et les autres productions de notre royaume avec les îles voisines, et c'est ainsi que nous subvenons un peu à nos besoins. Mais survient-il de la sécheresse ou des orages, alors il y a une grande disette de produits, et nous ne pouvons faire le commerce avec ces îles, comme nous le voudrions. Que si maintenant nous faisons le commerce avec votre royaume, il est vrai que notre royaume n'y suffira pas.

D'un autre côté, notre royaume reçoit toujours de l'empire chinois la dignité royale, quoique la couronne y soit héréditaire, et il paye tribut à la dynastie régnante. Or, tout ce qui est de grande importance, nous ne le décidons pas de nous-mêmes. C'est pourquoi, dans les années 1803, 1827 et 1832, les royaumes *mongiali*, *iamilikœni* (américain), *inigiti* (anglais) voulant établir le commerce, nous leur avons donné la même réponse et en même temps nous les avons priés de nous excuser.

Nous prions donc le grand commandant d'examiner avec soin nos véritables motifs, de nous faire l'insigne grâce d'avoir pitié de nous et de nous dispenser de l'alliance et du commerce. Nous le conjurons de vouloir bien, à son retour dans sa patrie, se faire notre intercesseur auprès de l'Empereur et nous obtenir ce que nous demandons, et alors tous les mandarins et les grands du royaume allumant des bâtonnets, nous lui rendrons un culte immortel.

Du règne de Tao-Kouang, la 24ᵉ année, le 16ᵉ jour de la 3ᵉ lune (4 mai 1844).

Le gouverneur général de Chang-Lang, ville de premier ordre, au royaume de Lieou K'ieou.

Hiang-nang-Pao.

Le grand capitaine veut que deux interprètes soient laissés à terre. Nous avons examiné. Or, jamais auparavant, des hommes d'un pays étranger n'étaient descendus à terre pour y rester. Et parce que le pays est malsain, nous craignons beaucoup que ces deux hommes, en restant, ne contractent quelque infirmité, par suite de la mauvaise température. C'est un grand inconvénient, nous prions qu'on y fasse attention.

Cette lettre, nous dit le commandant Fornier-Duplan, était accompagnée de présents à l'intention du commandant, du P. Forcade et de M. Augustin, consistant en un bœuf, deux cochons, deux chevreaux, deux jarres de vin de riz, des pièces de cotonnade grossière et des éventails en papier [1].

Le 4 mai, le commandant se rendait à terre pour visiter la ville de Nafa et le village de Po-tsoung; il était accompagné du P. Forcade et d'Augustin. Avant de se rembarquer, il remettait la lettre suivante, écrite en caractères chinois et adressée au gouverneur

Le capitaine de vaisseau Fornier-Duplan, etc., écrit ceci :

J'ai reçu votre lettre, datée de la 24ᵉ année du règne de Tao-Kouang, 3ᵉ mois, 16ᵉ jour, et je l'ai lue avec attention; j'ai aussi reçu vos présents et je vous en rends grâce.

Vous avez pensé avec raison que la proposition d'établir le commerce ne venait point d'une autre source que notre amitié pour vous. Pour que le commerce s'établisse entre deux nations, il faut qu'il y ait avantage pour l'une et pour l'autre et qu'elles y consentent mutuellement. Cela est conforme à la justice, dont nous ne voulons en aucune manière enfreindre les lois.

Je ferai donc savoir à notre *Empereur* que vous ne pouvez faire le commerce avec nous, et je le prierai de daigner accepter vos excuses. Je lui dirai aussi que vous nous avez fait très bon accueil et que vous avez subvenu à tous nos besoins avec une générosité sans exemple, ne voulant accepter aucun argent pour nos dépenses. Je suis assuré que Sa Majesté ordonnera aux capitaines de ses navires de se conduire toujours avec vous avec bienveillance et amitié.

[1] Campagne de l'*Alcmène* (*Bull. Soc. Géogr. Rochefort*, n° 1, 1908, p. 31).

Je suis heureux que vous ne m'ayez pas refusé de recevoir les deux interprètes : ayant l'ordre de les laisser dans votre pays, j'aurais été contraint de le faire nonobstant un refus de votre part, et le déplaisir que je vous aurais ainsi causé m'aurait fait beaucoup de peine à moi-même.

Vos observations touchant le climat et la crainte où vous êtes sur la santé de ces deux personnes témoignent de votre bon cœur; mais vous saurez que les Français, quand ils ont reçu un ordre, l'exécutent même au péril de leur vie. Je débarquerai donc à terre, demain, ces deux interprètes, avec leurs effets, en les recommandant de nouveau à vos bons soins.

Je partirai après-demain, si, comme je l'espère, le temps le permet. Ne sachant s'il me sera donné de vous voir avant mon départ, je vous prie de recevoir mes adieux, etc. [1].

Le commandant Fornier-Duplan complète ainsi le récit de son séjour aux Lieou K'ieou :

« Cette formalité accomplie, lorsque je veux prendre congé, les mandarins m'offrent d'entendre quelques chants du pays pour me faire honneur; leurs airs ressemblent assez à nos chants d'église, et ils marquent la mesure en frappant les mains. Enfin je leur fais mes adieux; leur interprète m'annonce qu'il viendra à bord le lendemain, me prier d'écrire mon nom et ceux des officiers sur mon éventail.

« 5 mai 1844. — Ces braves gens nous avaient donné une pièce de bois, six bœufs, des cochons, etc., et ne voulaient point en recevoir le payement. J'étais fort embarrassé; mais, heureusement, ils avaient paru désirer une longue-vue. M. Le Brec vint à mon aide en m'offrant la sienne, qui était très bonne et toute neuve. Je profitai de la proposition, me réservant de demander au Ministre de la Marine d'en donner une autre à cet officier, dont j'avais eu à signaler déjà les capacités, le zèle et le dévouement, et que je comptais recommander particulièrement pour la Légion d'honneur.

« À dix heures arrivèrent les mandarins. J'avais fait remettre à neuf un certain nombre de pièces de monnaie à l'effigie du roi Louis-Philippe. Je donnai une pièce d'or au jeune interprète et je distribuai des pièces d'argent aux autres mandarins. Ce ne fut pas sans de grandes difficultés qu'ils les acceptèrent, et alors, prenant à deux mains l'effigie du Roi, chacun éleva la pièce plusieurs fois

[1] Campagne de l'Alcmène, loc. cit., p. 33.

au-dessus de son front, dans une salutation solennelle. Sur leur demande, je fis écrire les noms des officiers de l'état-major sur un éventail, et, l'interprète ayant écrit un quatrain chinois sur le sien, nous en fîmes l'échange. Je lui remis ensuite la longue-vue offerte pour son chef, avec ma carte de visite; il me fut promis qu'elles lui seraient remises le soir même.

« A leur départ, les mandarins ne cessèrent de m'assurer que le nom de l'*Alcmène* resterait éternellement gravé dans leur mémoire; ils me demandèrent de les bien recommander au grand chef qui devait venir et me firent promettre aussi que, si MM. Forcade et Augustin venaient à tomber malades, ils remettraient aux autorités locales un certificat constatant la manière dont ils auraient été traités.

« Le 6 mai, à six heures et demie du matin, MM. Forcade et Augustin se rendirent à terre, accompagnés de MM. Le Brec et Bolloré. Ils furent bien reçus par les mandarins, et les adieux ne se firent pas sans attendrissement de part et d'autre [1]. »

De l'archipel des Lieou K'ieou, l'*Alcmène* se rendit aux Chousan.

Quand les missionnaires eurent débarqué, au milieu d'une foule considérable de curieux, ils furent conduits tout droit à la bonzerie de Tou-maï (le vrai nom de Po-tsoung), qui fut la demeure ou plutôt la prison affectée désormais à leur résidence; d'abord traités avec beaucoup d'attentions, ils ne tardèrent pas à être l'objet d'une surveillance tracassière. Deux frégates anglaises, le *Samarang* en juin 1845 et le *Royalist* en août, firent une courte apparition aux Lieou K'ieou.

Rappelons que c'est au début de l'apostolat de M. Forcade qu'arriva à Nafa le docteur Bettelheim, fondateur de la mission protestante, qui débarqua le 2 mai 1846, venant de Hong-kong.

Le 1er mai 1846 arrivait le navire de guerre la *Sabine*, commandant Guérin, avec un nouveau missionnaire, M. Le Turdu, qui, suivant les instructions de l'amiral Cécille, ne devait être débarqué que sur la réquisition de M. Forcade; celui-ci écrivit en conséquence au commandant de la *Sabine* :

« Bien que je ne puisse encore considérer comme certain le

Mgr Forcade

----

[1] Campagne de l'*Alcmène* en Extrême-Orient (1843, 1844, 1845 et 1846). D'après le Journal du commandant Fornier-Duplan (*Bull. Soc. Géogr. Rochefort*, 1908, janv.-mars, pp. 20 à 34).

séjour définitif de M. Le Turdu dans ce royaume, plein de confiance dans l'habileté connue de M. l'amiral Cécille et dans son dévouement à la cause de nos missions, rassuré d'ailleurs par ses récents succès en Chine, j'ose prendre sur moi de vous demander dès aujourd'hui le débarquement de mon cher confrère [1]. »

Cependant la nécessité d'avoir un interprète à bord fit rester M. Le Turdu sur la *Sabine*, qui appareilla, de Nafa pour Port-Melville, le 30 mai 1846; le 4 juin, la *Victorieuse*, commandée par M. Rigault de Genouilly, passait en route pour le même port; enfin, le lendemain 5 juin, l'amiral Cécille arrivait avec la *Cléopâtre* et emmenait M. Forcade à Port-Melville, où les négociations devaient être conduites pour l'obtention d'un traité d'amitié et de l'autorisation de la résidence des deux missionnaires dans l'archipel.

« Les négociations traînèrent. C'est un système très oriental. On en vit la fin au bout de six semaines. Le gouvernement de Lieou k'ieou supplia qu'on lui fît grâce du traité d'amitié. M. l'amiral Cécille répondit que ce refus inattendu lui imposait la nécessité d'en référer à son empereur; qu'il reviendrait ou enverrait dans un an porter la réponse; mais qu'en attendant il devait laisser dans le pays MM. Forcade et Le Turdu afin qu'ils apprissent parfaitement la langue et fussent très bien en état de servir ensuite d'interprètes. Cette déclaration fit faire la grimace. Mais enfin, après avoir épuisé l'arsenal des subterfuges, on accorda les points suivants : les missionnaires resteront dans l'île; on leur procurera des livres pour étudier la langue; la bonzerie de Tu-maï leur sera entièrement livrée, sauf indemnité; ils n'auront point de gardes; ils seront en tout soumis au droit commun [2]. »

Le 17 juillet 1846, l'amiral Cécille reprenait la mer avec la *Cléopâtre* et ses deux corvettes *Sabine* et *Victorieuse*, pour se rendre au Japon; il emmenait avec lui MM. Forcade, qui devait revenir plus tard aux Lieou K'ieou, et Augustin qui, au contraire, n'y devait pas retourner; M. Le Turdu restait donc seul dans l'archipel. L'amiral devait visiter le Japon et la Corée; à ce dernier pays il devait demander compte du martyre de Mgr Imbert, évêque de Capse, vicaire apostolique de Corée, décapité en 1839 à Saï-nam-to, près de

---

[1] *Premier missionnaire catholique du Japon...*, par Forcade, p. 55.
[2] Marbot, *Vie de Mgr. Forcade*, Aix, 1886, p. 124.

Séoul, ainsi que les PP. MAUBANT et CHASTAN. Le 29 juillet 1846, la division navale arrivait à Nagasaki, qu'elle quittait le 31, sans que personne ait pu débarquer; elle se dirigea ensuite vers la Corée; l'amiral entra en relations avec les indigènes de Wai-ian-do et retourna enfin aux Chousan le 19 août.

L'arrivée du prêtre des Missions étrangères ADNET changea les plans de M. Forcade; le pape Grégoire XVI avait décidé la création d'un vicariat apostolique du Japon, et le P. Adnet apportait l'acte consistorial du 25 mars, désignant pour ce poste le P. Forcade, qui devait être consacré, par suite, évêque de Samos et vicaire apostolique. M. Forcade, en conséquence, partit le 7 septembre sur la *Cléopâtre*, qui arriva le 29 septembre à Manille; de là, il se rendit à Hong-kong, où, le 21 février 1847, il recevait la consécration des mains de Mgr RIZZOLATI [1], franciscain. Le P. Adnet, de son côté, partait le 8 septembre sur la *Victorieuse* pour se rendre à Nafa, où il prenait la place de Mgr Forcade. Nous ne suivrons pas celui-ci dans sa brillante carrière : le commandant LAPIERRE avait succédé à l'amiral Cécille dans le commandement de la division navale avec la *Victorieuse* et la *Gloire*, frégate remplaçant la *Cléopâtre*; M. Forcade s'embarqua sur la *Gloire*, assista le 13 avril à l'affaire de Tourane; le soir même, Lapierre reprenait la route de Hongkong, d'où Mgr Forcade partit pour Paris; il retourna à Hong-kong en 1848; malade, il rentra en Europe en 1852; nommé évêque de la Guadeloupe le 6 avril 1853, puis de Nevers, il devint archevêque d'Aix-en-Provence où il mourut du choléra le 12 septembre 1885; il était né à Versailles le 2 mars 1816.

Le départ de l'amiral Cécille, qui avait quitté (juillet 1846) les iles Licou K'ieou en y laissant les abbés Le TURDU et ADNET en qualité d'interprètes à la place de M. Forcade, ne laissa pas d'inquiéter les autorités de Choui en méfiance contre les nouveaux venus; elles adressèrent leurs doléances à la cour de Pe-king; elles furent entendues; sur la demande de KI-YING, vice-roi des deux Kouang, l'amiral français promit que la division navale, devant se rendre prochainement à Nafa, en ramènerait à Macao les deux missionnaires, objets de l'inquiétude des autorités loutchouanes. La mission de se rendre aux Lieou K'ieou fut donnée aux commandants

[1] Giuseppe Maria RIZZOLATI, de la province de Venise, vicaire apostolique de Hou-kouang, évêque d'Arada, 30 août 1839; mort à Rome en 1862.

LAPIERRE et RIGAULT DE GENOUILLY, qui venaient avec la *Gloire* et la *Victorieuse* de détruire la flotte du roi d'Annam, Thiệu-tri, dans la baie de Tourane (15 avril 1847); malheureusement ces deux navires se perdirent le 10 août suivant, sur la côte de Corée, et, par suite, notre visite aux Lieou K'ieou fut retardée.

La *Bayonnaise* (1848). L'année suivante, la corvette la *Bayonnaise*, commandée par M. JURIEN DE LA GRAVIÈRE, qui avait emmené en Chine notre premier envoyé et chargé d'affaires le baron FORTH-ROUEN [1], fut chargée d'accomplir la mission et elle arriva en vue de la terre le 25 août 1848. Depuis un mois, le P. Adnet était mort, à 35 ans, d'une affection de poitrine [2]; à côté de lui avait été enterré le second chirurgien de la corvette *Victorieuse*, mort en 1846 en rade de Nafa. Le P. Le Turdu [3] restait donc seul.

Les missionnaires habitaient le village de Tou-mai, non loin de Nafa et à 2 milles environ de la ville de Choui; par suite des demandes de l'amiral Cécille, les missionnaires avaient le droit de circuler librement dans l'île; mais, par suite des agissements des Japonais que redoutaient les gens de Nafa, ce privilège avait été supprimé en pratique. Le 17 octobre 1847, jour des funérailles du roi du pays, les PP. Le Turdu et Adnet, ainsi que le missionnaire protestant, docteur Bettelheim, voulurent se rendre à Choui, mais ils furent attaqués par la populace.

L'arrivée de la *Bayonnaise* plongea dans la consternation les gens du pays, qui montrèrent la plus grande humilité. Le maire de Choui rendit visite à notre commandant et présenta ses excuses pour ce qui était arrivé; l'attaque de nos missionnaires n'était qu'un malentendu causé par des gens grossiers, et les autorités locales n'en étaient pas responsables, etc.

«MM. Le Turdu et Adnet n'étaient point, en effet, des missionnaires ordinaires; ils avaient été conduits à Nafa par une frégate française, et laissés dans l'île du consentement des mandarins : on les avait acceptés comme des agents officiels, on s'était engagé à les

[1] *La première légation de France en Chine* (1847). Documents inédits, publiés par Henri CORDIER. Leide, E.-J. Brill, 1906, br. in-8°.

[2] Mathieu ADNET, du diocèse de Verdun, des Missions étrangères de Paris, parti le 27 février 1846; † à Nafa le 1er juillet 1848.

[3] Pierre-Marie LE TURDU, du diocèse de Saint-Brieuc, agrégé à Versailles, des Missions étrangères de Paris, parti le 10 mars 1845; missionnaire aux Lieou K'ieou et au Kouang toung, où il fut pro-préfet; † à Canton le 15 juillet 1860, à 40 ans.

traiter avec plus d'égard qu'on n'en avait témoigné à M⁰ʳ Forcade, et, loin de remplir ces promesses, on avait failli, pour les empêcher d'user d'un droit jusqu'alors reconnu, les faire périr sous les coups des agents de police. Il y avait, sans aucun doute, dans ce concours de circonstances, des motifs plus que suffisants pour exiger une réparation, ou pour apprendre par quelque mesure sévère à ce peuple, qui semblait cacher une finesse cauteleuse sous sa feinte douceur, le respect des engagements pris envers la France [1]. »

Était-il nécessaire ou utile de tirer une réparation de la conduite des Lou-tchouans ? Assurément non.

Il fut convenu avec le P. Le Turdu que, « sans user de notre droit de représailles, sans même demander la punition des satellites qui avaient maltraité nos missionnaires, nous bornerions notre vengeance à inquiéter, par une extrême froideur et un brusque départ, les autorités, qui n'avaient fait probablement qu'obéir à cette pression morale du Japon, contre laquelle leurs habitudes d'asservissement ne leur avaient point permis de protester » [2].

Le P. Le Turdu s'embarqua donc sur la *Bayonnaise*, qui se rendit le 12 septembre dans la baie de Manille, puis rentra à Macao [3].

Depuis longtemps, les grands intérêts commerciaux des États-Unis dans l'Extrême-Orient, le développement rapide de la Californie, le besoin de créer une ligne de navires de San Francisco à la Chine, faisaient désirer au gouvernement de Washington d'établir des relations avec le Japon. A la suite de la délivrance de matelots naufragés par le Commodore GLYNN, qui eut une conférence avec le président FILLMORE, pour étudier la question de l'envoi d'une forte escadre au Japon, afin de réclamer pour les matelots américains en détresse un traitement convenable, et obtenir des modifications aux règlements existants pour les relations et le commerce, le Commodore AULICK, porteur d'une lettre du Président à l'Empereur du Japon, datée du 10 juin 1851, de pleins pouvoirs pour négocier un traité et d'instructions de M. WEBSTER,

[1] JURIEN DE LA GRAVIÈRE, I, p. 220.
[2] IDEM, *ibid.*, I, p. 221.
[3] *Voyage en Chine... pendant les années* 1847, 1848, 1849, 1850, par le vice-amiral JURIEN DE LA GRAVIÈRE, 2ᵉ éd., Paris, 1864, 2 vol. in-12. Vol. 1, chap. XI. — Les îles Lou-tchou. — Retour de la *Bayonnaise* à Macao.

fut nommé au commandement de la station des Indes Orientales. A peine était-il arrivé en Chine, qu'il fut rappelé et remplacé par le Commodore Matthew Calbraith PERRY. Ce dernier arriva en juillet 1853 à Uraga, à l'entrée de la baie de Yedo, porteur de ses instructions. Il visita après les îles Lieou-K'ieou et la Chine, et, l'année suivante, malgré l'hostilité du prince de Mito et les ennemis des Chôgouns de la maison de Toku-gawa, le *bakufu*, c'est-à-dire le gouvernement Chôgounal, consentit à signer un traité à Kanagawa, le 31 mars 1854. Ce traité, signé pour les États-Unis par le Commodore M. C. PERRY, l'était pour le Japon par HAYASHI, Dai-gaku-no-kami, IDO, Prince de Tsoushima, IZA-WA, Prince de Mimasaka, et UDONO, membre du Ministère des Finances, et comprend douze articles, dont le plus important est le dixième qui ouvrait aux Américains les ports de Shimoda dans la province d'Idzu, et d'Hakodate, dans l'île de Yeso. Ratifié par le Président des États-Unis en 1854, les ratifications de ce traité furent échangées à Shimoda le 21 février 1855.

Les gouvernements anglais et français se montrèrent inquiets des agissements des Américains, d'autant plus que l'on faisait courir le bruit que le Commodore Perry avait obtenu des avantages particuliers du gouvernement des îles Lieou-K'ieou. La lettre suivante du Ministre de la Marine et des Colonies au Ministre des Affaires Étrangères témoigne de cette préoccupation :

Paris, le 25 janvier 1854 [1].

Monsieur le Ministre et cher Collègue, j'ai reçu la lettre que vous m'avez fait l'honneur de m'écrire le 13 de ce mois, pour me transmettre divers renseignements sur l'expédition dirigée dans les mers de Chine & du Japon par le Gouvernement des États-Unis d'Amérique, ainsi que sur les concessions que le Commodore PERRY aurait obtenues du Gouvernement de Napa-Kiang (îles Liéou-Khiéou), avantages qui ne tendraient à rien moins qu'à créer, pour les Américains, un établissement permanent sur cette île, comme au Port Lloyd (île Bonin).

Ces îles, considérées comme point de relâche et de ravitaillement, relient naturellement, par Honolulu, les côtes d'Amérique avec le Céleste Empire et le Japon; elles ont donc une importance réelle, au point de vue des intérêts de nos établissements en Océanie et de notre commerce en

[1] Ce document ainsi que les suivants et le texte du traité sont inédits.

général; aussi me suis-je empressé d'adresser des instructions à M. le Contre-Amiral LAGUERRE, Commandant en chef la Division de la Réunion et de l'Indo-Chine, afin qu'il fît les démarches nécessaires pour obtenir des avantages analogues à ceux que le Commodore Perry aurait pu faire stipuler en faveur de ses compatriotes.

(*Sig.*) Théodore Ducos.

Le Gouvernement britannique suggérait même l'idée d'une entente avec le gouvernement des États-Unis pour l'occupation des îles Bonin : la lettre suivante du Ministre de la Marine au Ministre des Affaires étrangères explique la situation.

Paris, le 21 juin 1854.

Monsieur le Ministre et cher Collègue, j'ai reçu la dépêche que vous m'avez fait l'honneur de m'écrire le 6 mai dernier, au sujet d'une proposition du Gouvernement de S. M. Britannique, qui serait disposé à s'entendre à l'amiable avec la France et les États-Unis d'Amérique, afin d'occuper les îles Bonin et d'y établir des ports de refuge et de ravitaillement pour les navires de toutes les nations.

Avant de répondre à cette communication, qui faisait suite, d'ailleurs, à celle que vous m'aviez précédemment adressée (le 12 janvier dernier) sur les avantages obtenus par le Commodore PERRY aux îles Lieou-Khieou et Bonin, j'ai voulu me rendre un compte exact de l'importance que pourrait avoir la création d'établissement dans ces dernières, eu égard au nombre de baleiniers qui fréquentent cette partie de l'Océan Pacifique. Il résulte de renseignements recueillis près de nos Officiers et des Capitaines au long cours qui ont séjourné aux îles Bonin, que les navires baleiniers français se rendent généralement dans l'une d'elles pour y réparer leurs avaries et y faire de l'eau, qu'ils s'y procurent du bois et des rafraîchissements; mais qu'il serait très avantageux pour eux d'y pouvoir trouver les objets d'approvisionnements et les ressources que ne manquerait pas de leur offrir l'établissement qu'on se propose d'y créer.

D'un autre côté, comme point de relâche et de ravitaillement pour les paquebots qui doivent, dans un avenir rapproché, relier par Honolulu les côtes d'Amérique avec le Céleste Empire et le Japon, ce groupe, comme les îles Lieou-Khieou, a une importance véritable, et, au point de vue de nos établissements en Océanie, de notre commerce en général, il ne peut y avoir qu'un intérêt réel à y former des établissements permanents. C'est dans cette pensée que j'ai donné déjà des instructions au Commandant en chef de notre Station navale dans les mers de l'Inde et de la Chine, ainsi que je vous en ai informé le 25 janvier de cette année, afin qu'il eût à faire stipuler en faveur de la France des avantages analogues à ceux que le Commodore Perry avait su obtenir des chefs des îles Lieou-Khieou.

En résumé, et dans mon opinion, je crois que, sous tous les rapports, on ne saurait que s'associer aux vues du Gouvernement Anglais et accepter la proposition que l'Ambassadeur de S. M. B. à Paris a été chargé de vous faire relativement aux îles Bonin.

Agréez, etc.

(Sig.) Théodore Ducos.

En réalité, ce ne fut que le 11 juillet 1854, que le commodore Matthew C. Perry, commandant en chef les forces navales américaines dans les Indes Orientales, la Chine et le Japon, avait signé à Napa, dans la Grande Lieou-K'ieou, un traité en 7 articles. Le marin américain avait recommandé à son gouvernement une prise de possession de l'archipel [1].

Peu de temps après, le Docteur Peter PARKER, qui fut Ministre américain en Chine, préconisait l'occupation temporaire par la France de la Corée, par la Grande-Bretagne des Chousan, et par les États-Unis de l'île Formose [2].

En 1855, l'amiral GUÉRIN, qui avait déjà visité les Lieou-K'ieou en 1846 comme commandant de la Sabine, retourna à Nafa avec deux prêtres des Missions étrangères, les abbés MERMET [3] et GIRARD [4], et signa le traité suivant avec les autorités locales :

CONVENTION ENTRE LA FRANCE ET LES ÎLES LIEOU-KHIEOU.

Frégate la Virginie, le 17 décembre 1855.

En attendant la conclusion d'un traité plus complet entre Sa Majesté l'Empereur des Français et Sa Majesté le Roi des Îles Liou-tchou, la Convention suivante a été passée et arrêtée entre les représentants soussignés

---

[1] American Diplomacy in the Orient, by John W. FOSTER. Boston and New York, 1904, p. 229.

[2] Ibid., p. 229.

[3] Eugène-Emmanuel MERMET, du diocèse de Saint-Claude; Missions étrangères de Paris; quitte la France le 25 août 1854; missionnaire au Japon; quitta la mission en 1864.

[4] Prudence-Séraphin-Barthélemy GIRARD, du diocèse de Bourges; Missions étrangères de Paris; quitte la France le 29 mars 1848; missionnaire au Japon; provicaire; supérieur de la mission (1859-1866); † à Yokohama, le 9 décembre 1867, à 48 ans.

des deux Gouvernements à Nafa, le vingt-quatre novembre mil huit cent cinquante cinq.

Savoir :

Pour S. M. l'Empereur des Francais, M. le Contre-Amiral GUÉRIN, commandant en chef la Station navale de la Réunion, de l'Inde, de la Chine et du Japon, d'une part; et pour S. M. le Roi des îles Liou-tchou.

Leurs Excellences :

CHANG Kin-pao, Régent du Royaume;
MA Leang tsay, Ministre des Finances;
WOUN Té-yi, Ministre des Finances.

Lesquels sont convenus des articles suivants :

ARTICLE PREMIER.

A l'avenir, lorsque des Français viendront aux îles Liou Tchou, ils seront traités avec toute la courtoisie et les égards qui sont dus aux sujets de Sa Majesté l'Empereur des Français. Toute denrée du pays qu'ils demanderont aux chefs ou aux gens du peuple leur sera vendue, sans que les autorités locales puissent établir aucun règlement prohibitif pour empêcher le peuple de leur vendre directement. Tous les objets de part et d'autre qu'ils voudraient acheter ou vendre seront échangés à des prix raisonnables.

ARTICLE 2.

Le Gouvernement de Liou-tchou refusant avec persistance de consentir à l'achat et même à la location, par des Français, de terrains, maisons et bateaux, il est arrêté entre les soussignés que les terrains, maisons et bateaux nécessaires aux Français leur seront fournis par les autorités du pays pendant tout le temps qu'ils en auront besoin. Si les terrains, maisons ou bateaux donnés aux Français ne leur convenaient point, ils le feraient remarquer aux autorités locales qui devraient alors leur en fournir de plus convenables. Faute par elles de faire droit à leur réclamation, les Français seront autorisés alors à louer les terrains, maisons et bateaux à leur convenance.

Un terrain spécial situé à proximité d'un débarcadère sera concédé ou affermé à Toumai au Gouvernement Français par celui de Liou-Tchou, pour y établir un dépôt de charbon et les constructions nécessaires à la conservation et à l'administration de ce dépôt.

Les terrains, maisons ou bateaux occupés par des Français seront inviolables.

ARTICLE 3.

Toutes les fois que des bâtiments français entreront dans une des rades de Liou-Tchou, il leur sera fourni le bois et l'eau dont ils auront besoin aux prix courants; mais, s'ils ont besoin d'autres objets, ils ne pourront les acheter qu'à Nafa.

ARTICLE 4.

Si des navires français viennent à naufrager sur l'une des îles Liou-Tchou, les autorités locales devront, dès qu'elles en seront informées, prêter assistance à l'équipage, pourvoir à ses premiers besoins et prendre toutes les mesures nécessaires pour sauver le navire et préserver les marchandises. Elles devront, en outre, conserver en lieux sûrs tout ce qui pourra être mis à terre jusqu'à ce que des bâtiments de cette nation viennent prendre ce qui aura été sauvé. Les dépenses occasionnées par le sauvetage des naufragés seront remboursées par la nation à laquelle ils appartiennent.

ARTICLE 5.

Les Français auront, aux îles Liou-Tchou, la liberté d'aller où il leur plaira et de communiquer librement et sans obstacles avec les habitants. On ne les fera pas accompagner d'agents chargés de les suivre ou d'espionner ce qu'ils font; mais si ces personnes cherchent à acheter de force des objets, ou commettent tout autre acte illégal, elles seront arrêtées par les autorités locales, sans pour cela être maltraitées, et remises au capitaine du premier bâtiment français qui arriverait aux îles Liou-Tchou.

ARTICLE 6.

A Tumai est un cimetière pour les Français; leurs tombes et tombeaux seront respectés [1].

ARTICLE 7.

Le Gouvernement de Liou-Tchou nommera des pilotes capables pour veiller les bâtiments qui passeront au large de l'île, et si quelqu'un se dirige vers Nafa, les pilotes se rendront dans de bons bateaux pour le conduire à un mouillage sûr. Le Capitaine payera au pilote cinq piastres pour ce service, et le même prix sera donné pour aller de la rade au dehors des brisants.

ARTICLE 8.

Lorsque des bâtiments mouilleront à Nafa, les autorités locales leur fourniront du bois au prix de 3,600 sapecs pour mille catties de bois, et de l'eau au prix de 600 sapecs pour mille catties ou six barriques.

ARTICLE 9.

S'il arrive que des matelots ou autres individus désertent des bâtiments de guerre ou s'évadent des navires de commerce français, les autorités

[1] Cf. LEAVENWORTH, op. cit., p. 31, qui mentionne les tombes d'Adnet et de Jules Galland, de la corvette la Victorieuse, 10 septembre 1846; il y a en tout neuf tombes étrangères: outre les deux françaises, six américaines, et une dont l'inscription est illisible.

locales, sur la réquisition du Capitaine, feront tous leurs efforts pour découvrir et restituer sur-le-champ entre ses mains les susdits déserteurs ou fugitifs.

Pareillement, si des habitants des îles, prévenus de quelque crime, venaient se réfugier dans des maisons françaises ou à bord des navires, l'autorité locale s'adresserait au capitaine du bâtiment, ou au maître de la maison qui, sur la preuve de la culpabilité, prendrait toutes les mesures nécessaires pour que l'extradition soit effectuée.

ARTICLE 10.

Si, malheureusement, il s'élevait quelque rixe ou quelque querelle entre les Français et les Lou-Tchouans, comme aussi dans le cas où, dans le cours d'une semblable querelle, un ou plusieurs individus seraient tués ou blessés, les habitants seraient arrêtés par les autorités du pays qui les feraient punir, s'il y avait lieu, conformément aux lois du pays. Quant aux Français, ils seront remis au Capitaine du premier bâtiment français qui se présenterait aux îles Liou-Tchou.

ARTICLE 11.

Si des bâtiments en détresse ou en avarie arrivaient aux îles Liou-Tchou, les autorités locales s'empresseraient de leur porter secours, de rechercher les matériaux nécessaires pour les réparer, et de mettre à leur disposition un local pour y déposer les agrès du navire, les marchandises et les vêtements de l'équipage.

Enfin il reste bien entendu que, quelque chose qu'il arrive, la France jouira toujours aux îles Liou-Tchou des mêmes avantages que la nation la plus favorisée.

Le désir mutuel des deux Gouvernements est qu'il existe toujours une entente parfaite entre leurs sujets respectifs.

Et ont signé, les jour, mois et an que dessus :

> Le C.-Amiral (*sig.*) GUÉRIN ;
>
> Le Régent du Royaume (*sig.*) CHANG Kin-pao ;
>
> Les Ministres des Finances (*sig.*) MA Leang-tsay, WOUN Tô-yi.

Le contre-amiral Guérin se rendit ensuite sur les côtes de Mandchourie, à bord de la *Virginie*, puis fit voile pour la Corée, et, le 16 juillet 1856, il jetait l'ancre dans la baie de Broughton qu'il désirait explorer ; après avoir fait l'hydrographie de la baie, l'amiral se dirigea vers le Sud, explorant les embouchures des fleuves de Corée, donnant le nom du « Roi Jérôme » à l'une des principales baies. Après avoir séjourné trois semaines à l'embouchure du Yang-tseu, la *Virginie* fit voile pour les îles Lieou-K'ieou, où l'amiral Guérin avait laissé, l'année précédente, les abbés Mermet et Girard, qui n'avaient pas été inquiétés et qu'on avait laissés en possession d'un temple qui leur avait été assigné pour demeure, mais qui n'avaient cessé d'être l'objet de la surveillance des autorités. M. Mermet retourna à Hong Kong et fut remplacé par MM. Furet[1] et Mounicou[2], venus sur la *Virginie*. Le séjour de ces deux missionnaires fut de courte durée; ils ne paraissent pas d'ailleurs avoir obtenu le moindre succès. L'abbé Furet a laissé quelques lettres, datées de 1858, qui ont été publiées[3].

Aujourd'hui personne ne dispute aux Japonais la possession de l'archipel des Lieou-K'ieou 琉球 qu'ils appellent Ryù Kyù; la capitale est Churi, dont le port Nafa est appelé par les Japonais Okinawa 沖縄. La visite du croiseur français *La Clocheterie* en 1877 fut toute pacifique[4].

[1] Auguste-Théodore Furet, du diocèse du Mans; Missions étrangères de Paris; quitte la France le 19 avril 1853; missionnaire au Japon (1853-1869); quitte la mission du Japon en 1869.

[2] Pierre Mounicou, du diocèse de Tarbes; Missions étrangères de Paris; quitte la France le 29 mars 1848; sous-procureur à Hong-kong; missionnaire au Japon; provicaire apostolique; † à Kobé, le 16 octobre 1871, à 49 ans.

[3] *Lettres à M. Léon de Rosny sur l'Archipel Japonais et la Tartarie Orientale*, par le P. Furet, missionnaire apostolique au Japon... Deuxième édition, Paris, Maisonneuve, MDCCCLXI, pet. in-12, pp. IV-120. (Voir *Bibliotheca Sinica*, 2ᵉ éd., col. 3013-3014.)

[4] *Une visite aux îles Lou-tchou*, par M. J. Revertégat, 1877 (*Le Tour du Monde*, XLIV, 1882, p. 249-256.)

www.ingramcontent.com/pod-product-compliance
Lightning Source LLC
Chambersburg PA
CBHW061617180626
46818CB00005B/2125